長崎まで

野崎有以

目次

装画・挿画　塩川いづみ
装幀　細谷勇作

長崎まで

ネオン

「珍しい夜景を見せてあげよう」
そう言って男は私を旅行に連れて行った
着いたのはホテルの高層階だった
あたりに高い建物はなく
工業地帯がただひたすらのびていた
初めて来たけれど懐かしい場所だった
平たい工場が一面に広がり
煙突からは煙が出て夜空に雲をつくった
雨を降らせるんじゃないか
反射するあてのないネオンがときどき海に映った

薄明かりのなかで遠くの山がぼんやりしている
男は得意になって自分のものではない夜景を自慢した
私はこの男と出会ってから
合成樹脂のように汚れをはじく隙のないかぐわしい生活の指定席券を
生まれたときからもっていたふりをした
だけど結局
ふとんをかぶって泣いてばかりだった
仕事は出来るが不器用で
毎晩帰って一人で晩酌しているせいで
首のあたりが恒常的に上気したあなたと
一緒になったらよかったのかもしれない
あなたは必死で隠していたけれど
何かの拍子に出てくる訛りに
私の故郷が見え隠れしたのです

煤けた外壁の都会のマンションのなかで

夏の雨が地面に跳ね返ってできた霧雨の音か
思いっきりレバーをひねったシャワーの音か
わからないまま身体を拭いた
エアコンに湿気を取られた部屋は
冷気が形を変えてまとわりつく
あなたがテーブルの上に用意してくれた
氷の入ったオレンジジュースを飲んで
脇腹が動いた気がしてこわくなった
後になってよく考えてみたら
ただひととき身体が冷えただけだったのだと思う
誰もいない部屋のなかで
時計の針が不規則に時を刻んだ
丁寧にたたまれたワンピースをとって
あなたを待たずに
あなたを避けるように
部屋を出て行ったあの時の私に追いついて

両手を広げて通せんぼしたい

炭鉱の町で私は生まれた
私が生まれてしばらくして
廃れかかっていた炭鉱は
ついに閉山した
炭坑夫だった父は山を越えてあの工業地帯へ出稼ぎに行った
いっぺん働きに出るとしばらく帰ってこなかった
父は山の向こうで
ろくに寝もしないで鉄をつくっていた
夜になって山の向こうの空が赤くなるのは鉄をつくっているからだ
そう思っていた
窓から見えるネオンの
十何光年か前に
父の姿はあったはずだ
今晩のネオンの光はいったいどこへ行くんだろう

知り合いもいない工場で父は一人で夜通し作業をしていた
子供の頃
夜中に目が覚めるといつも台所の窓をあけて
山の向こうの赤い空を見た
夜空の下のネオンのことなんか思いつきもしなかった
夜景のなかの小さな点々は
よろこびとかなしみ
無数のネオンの下で
今日も誰かが働いている
押し出されて行き場をなくしたネオンやらスモッグは
ゆっくり薄く山に張りついていった
山の向こうからじゃ
働く人たちのことは
見えるわけなかったんだあ

私の生まれたところは

あの山の向こうにある

繁華街

夜の帰宅ラッシュの電車のなかで
中学生が地理の白地図を眺めていた
便宜上針金みたいな枠組みだけになっているその日本地図には
たくさんのアルファベットがあり
そこに地名を入れるようになっていた
「A工業地帯」
「A」は私の生まれたところだ
だけどこの中学生の頭のなかでは何の感慨もなく
ずっと「A工業地帯」のままなのだろう
中学生の隣では若いサラリーマンが経済誌の教育特集を熱心に読んでいた

最近では深夜も子供を預かってくれる保育園や学童保育があるんだそうだ
ただ面倒を見てくれるだけではなくて勉強や楽器の演奏も教えてくれるらしい

私の過ごしてきた場所や思い出は
もうそこには存在しないかのように
小綺麗なものに記号化されていくようだった

電車のドア付近ではニッカズボンを履いた男が
缶ビールを片手にタブロイド紙を読んでいた
ちょうど開かれていた紙面では
前川清が新人時代を懐かしそうに語っていた
「長崎を離れるのは苦痛でした」
飄飄としたその言葉はのらりくらりとして
せいぜい私の肩をかするくらいだと思ったが
結局私の傍から離れなかった

「東京で生まれたことにしなさい」
東京に来てから何べんも言われたけれど
それはできなかった
東京は私の故郷ではないから

子供の頃
家に誰もいない夜は繁華街のスナックに預けられていた
学校から家に帰ってきてもおやつはなく
夕日に染まりながら畳に寝転んで
ただ兄の帰りを待っていた
夕方になって兄が家に帰って来ると
袋に私の着替えと歯ブラシを入れて
私の手を引いて家を出た
まだ酔いどれたちがへたりこんでいない薄暗い路地を入ると
そのスナックはあった
勉強して待っているようにと兄に言われて隅のテーブルで漢字の書き取りをしていた

預けられたときにはいつもお店のお姉さんが
レモン水に砂糖を入れたものを作ってくれた
兄がスナックのママにお金を渡そうとすると
スナックのママは「いいのよ」と言って兄を送り出した
兄は昼間は工場で電子基板の組み立てをして
夕方になると定時制の高校に通っていた
工業地帯から少し外れたところにも小規模な工場は点在していた
電子基板の仕事は割のいい仕事ではなかった
神経を使う割に給料は上がらない
だが中学を出ていくらも経たない兄に仕事を選ぶことなどできなかったのだろう
私はなるべくお客の迷惑にならないように黙ってひたすら漢字を鉛筆で書き取っていた
八時になるとスナックの料理人が温めた焼きそばをもってきた
ほかのものが出てきたときもあったが
いつもだいたい焼きそばだった
目の下にクマを作っていた料理人は
昼間は屋台で焼きそばを売っていた

焼きそばは屋台のあまりものだった
ラードだらけの焼きそばはもう一度温めると
普通は捨てるような外側のキャベツの葉が
濡れた折り紙のようになり
麺は細くかたくなった
それでもこれはこれでおいしかった
ただ細くてかたい麺を噛みしめるたびに
気づかなかったかなしみまでもがさそわれるような気がした

スナックの二階には小さな部屋があった
ニスの剝げた雀卓が隅に押しやられていた
私は夕飯を食べ終わると二階へ行って
風呂に入って歯を磨いて布団で寝ていた
一度だけ預けられてすぐに二階へあがって
雀卓を引っ張り出してそれを机代わりにして
一人で勉強していたことがあった

お店に子供がいるのは迷惑だと思ったからだ
「ずっとそこにいたら寂しいでしょう」
二階に上がってきたスナックのママは言った
がさがさとした体温のある手のひらに肩を抱かれ一緒に階段をおりた
そうだ　ここは寂しい場所だ
夜遅くに兄が学校から戻って来ると
布団で寝ている私を負ぶって帰って行った
兄の背中でいつも寝ているふりをしていた
帰り際にスナックの常連客に
「家に着くまで起きたらいけんよ」
と言われたことがあったからだ
あるとき客引きの男が背中の私に気づかずに兄の腕をつかんだことがあった
私は驚いて顔を上げると
若い客引きの男はぱっと手を放して
私の顔をじっと見て
繁華街のなかへと消えて行った

うまく説明できないけれど
少しの困惑と同情に近い何かが
男の顔には浮かんでいた
「ごめんな」
兄は申し訳なさそうに言った
私に謝ることなんか
何んにもなかったよ
吐き捨てられた感情ばかりが行ったり来たりする繁華街に
毎晩のように私を預けていくのは
心が痛かっただろう

*タブロイド紙の前川清さんの記事は『日刊ゲンダイ』(二〇一三年十二月十六日)より引用しました。

競馬場

東京競馬場にはじめて連れて行ってもらったときのことだ
受付でリボンバラ徽章をもらってそれを胸につけて部屋に入った
食事を運んでくれるから何がいいかと聞かれ
「だんご汁が食べたい」
うっかりそう答えてしまった
だんご汁というのはきめの細かいつるっとしただんごと
太さの違う何種類かの麺を野菜と一緒に煮込んだものだった
素朴で優しい味がして食べると元気が出るような気がした
「子供の頃、小倉競馬場で父と食べたんです」
そう付け加えてまた余計なことを言ってしまったと思った

それを聞くやいなや
私を競馬場に連れて来てくれた人たちは部屋を出てどこかへ行ってしまった

料理教室での出来事がふと頭に浮かんだ
ガス台の火がなかなかつかなくて
ボタンを押しながら思いっきり息を吹きかけた
こうするとだいたい火がつくからだ
「それは電気で調理するから、火は出ないのですよ」
と大声で言われた
品のいいエプロンを着た同じ周波数の冷笑が
一歩離れたところから発せられているのに
刺さってすごく痛かったのをよく覚えている

ぽんこつのガス台
重いガラス蓋に水滴のたまる花柄の琺瑯鍋
へこんだアルマイトの鍋

九州で父と兄と暮らしていた頃
台所にはそれしかなかった
しかしそれが不公平だと思ったことはない
私はいまだにそれらを捨てられないでいる

部屋を出て行った人たちがやっと戻ってきた
競馬場のなかをすべて探したけれど
だんご汁を売っているお店はなかったと残念そうにしていた
彼らのうちの一人が言った
「いまはすっかり成り上がってしまって、こんなところで競馬を見ているけれど、子供の頃はがやがやとした人混みのなかで、あなたと同じように父と競馬を見たのです」
その人はため息のような微笑みを浮かべて
ご飯のうえのカツにカレーをいっきにかけた

小倉競馬場もすっかり新しくなったと聞いた
昔は小倉競馬場のゴール板には小倉祇園太鼓の装飾が施されていた

女の人のかんざしのような形をしていて
競馬場に合わないような艶っぽさがあった
馬たちが襲歩でゴールを駆け抜けるたびに
その華奢なゴール板が揺れるような気がした
どうして祇園太鼓なのかと父に聞くと
「馬の走る音と祇園太鼓の音が似ているから」
という答えが返ってきた
真偽のほどはわからない
よくならされたコースを蹴る蹄鉄は太鼓の音
割れるような歓声や怒号はジャンガラの音
人間が昔から知っている
身体をまくし立てるような音だった
休日に父が私を連れて行く場所と言ったら競馬場ぐらいなものだった
公園なんかに遊びに連れて行ったたって
何をしたらいいのかわからなかったのだろう
不器用な父だった

父と競馬場に行くと
私はいつもだんご汁のお店に走って行った
カウンターにつかまりながら背伸びをすると
白衣を着て三角巾をかぶったおばさんが
「いらっしゃい」と出てきた
だんご汁のうえにはレモンの輪切りがのっていた
普通は一つだがおばさんはいつも私に二つのせてくれた
しょっぱくて甘い味噌汁の味が染みた団子やうどんはほっとする温かさだった
だんご汁はどこにも逃げたりしないのに私はいつもあわてて食べた
競馬場は人だらけでゴール前は柵が外れそうなくらい混んでいた
馬が走ってくると父は私を持ち上げて見せてくれようとしたがよく見えなかった
だから競馬場と言ってもだんご汁のことしか覚えていない
それでもよかった
なかなか家に戻ってこない父と一緒にどこかへ出掛けるのは楽しかった
最後に父と二人で小倉競馬場に行った時
もう東京に行ってしまうから小倉には戻ってこられないと言うと

おばさんは何も言わずにレモンの輪切りを六個のせてくれた
六個のレモンの輪切りが花のように咲いていた

東京競馬場のレースが終わると
潮が引くように観客は帰って行った
コースに待機していた救急車も地下馬道を通って帰って行った
馬も人もみんな怪我をしなかった
こんな日がずっと続けばいいのにと
誰もいなくなったコースをぼんやりと眺めた
東京競馬場は小倉と同じようにコースの向こうに大きな山がある
競馬は回る
東京が終わると中山に行って次は小倉
その繰り返しだ
思い出だけがいつもそこに取り残された
九州に帰りたい
そう呟いてはみたけれど

寒さのなかで吐息が白くなるばかりだった
帰れるはずはない
そこにはもう
何んにもないのだから
「お前は運ば持って生まれてきたけん、大丈夫たい」
父がよく言っていた
父は笑うと目尻に皺が寄った
私は父の笑った顔しか思い出せない
怒られたことなどなかった
「お前は父ちゃんにはもったいなか」

そんなことはなか
そげんこつはなかよ

競馬で負けたことは
悲しいほどに一度もなかった

運があるのだろう
握りしめた勝ちっぱなしの馬券が
うすら寒い風に吹かれて
ただふるえていた

ベビーホテル

埃っぽい外壁のビルの三階に住んでいた
一階は赤い丸みを帯びた店舗用テントが目立つ商店
二階は薄暗いベビーホテル
雑居ビル特有のすえたようなにおいがした

一階のなんとかストアで買ったゼリーを食べていた
細かいひだの入った小さなカップに原色のゼリーが入っていた
凍らせると色が薄くなって白い点々が出る
作り物の色と香りのついた液体をゼラチンで固めただけのものだ
赤（いちご）緑（青りんご）黄（レモン）

本物の果物を一度も食べたことのない人間がつけたような味だった
こんなものがいまだに売られているのが信じられない
敷布団を壁に押しやって床の上で寝ていると
階下のベビーホテルから子供の声がたくさん聞こえる
何人いるのだろう
「赤ちゃん、赤ちゃん」
返事が返ってくるわけではない
ただ子供のもつ湿気のようなものがあがってきた

わけもなく母乳のようなミルクが出る
若い女の人にときどきあるらしい
不安定さの余剰に出る乳
三十くらいになったらなおると言われた
そうしたら私ももう若くはないということなんだろう
赤色のゼリーをたくさん食べた日にとりわけ母乳が滴るように出る気がした
階下で泣き疲れた子供がしゃっくりをしている

おなかが空いて泣いている声だった
生温い母乳が胸のふくらみをなぞるように垂れて
床に届く頃にはこぬか雨の冷たさになる
階下にいる子供たちを連れてきたら子供は母乳を飲むだろうかと男に聞いた
それは子供が飲めない母乳だと笑ったあとに
「一人だけ連れてくるんじゃだめだ」と言った
そうだ
一人だけはだめだ
みんなおんなじようにしないと
飲まれるあてのない母乳が滲んでいる
正確には母乳ではなく
名前のついていない乳だった

男が干した布団をわざと二階のベランダに落とした
布団はベランダにかけられた緑のネットに引っかかった
ベビーホテルは午睡の時間らしくしんとしていた

女の人が怪訝そうな顔をしてチェーンをかけたままドアを開けたが
布団を落としたことを伝えるとなかに入れてくれて
私の手からゼリーの空き容器をとって捨てた
どうやら握ったままだったらしい
「私一人で面倒見なくちゃならないの。お願いだから子供たちを起こさないで」
疲れ果てたような顔をしていた
女の人は私の両肩を後ろからおさえながらベランダに案内した
ビルのベランダはどうして轟音のような雑音がするのだろう
エアコンの黴臭いにおいのなかで
棚に寝かされた小さな子供たちが眠りについていた
棚に入りきらない大きさの子供は床に敷かれた布団で眠っていた
上から落とした布団をとって帰ろうとすると
一人の子供が布団の端っこを摑んでいた
短く切られた黒い髪をして
目やにのついた黒い瞳で口を一文字に結んでじっと見つめた
私の子供の頃によく似ている子だった

こういう手を無理やり振り払うと子供の心がすさむことを知っている
たぶん私の心も
なんともない人はとげをさかさまに植える
つなごうとして伸ばした手を振り払われたことがありますか
人前で　大声で
手をつなぐ「権利」はもうないのだと言われたことがありますか
よその子のように賢くなったら口も利くし手もつなぐ　と

「さっき布団の端っこを摑んだ子にはね、妹がいるのよ。綺麗に編み込んだ三つ編みをしてもらって、まあるい白い襟と袖のついた紺色のワンピースを着て、お母さんに手を引かれてくるの。でもね、ここに預けるのはあの子だけ。妹がドアとか壁を触ろうとするとお母さんは汚いものから遠ざけるように手を摑んで制止するの。お母さんは本当にぞっとする人よ。封筒に入れた預かり料を渡して、あの子も妹も同じだけのお金をかけてるから平等だって言ってたわ。妹は習い事とかかわいい洋服を買ってもらっているんでしょう。お母さんがあの子を置いていくときはね、いつも無理やりあの子の髪の毛を摑んではさみで切って行くの。笑顔も何もないおとなしいあの子がそのときだけは大声で泣き叫ぶのよ。そのときのあの子を馬鹿にしたような目で見る妹の顔が恐ろしい。止められなかった自分が情けない。もし、あのお母さんがあの子を見離してくれたら、あの子が「もうそろそろ切りたい」って言うまで髪を伸ばさせるの」
綿しか入っていない布団を抱きしめて階段をあがった

袋に三色のゼリーが均等に入っているわけではない
どの袋を選んでも赤色が一番多い
がさがさと袋を振って緑色と黄色が一番多いのを探した
レジのおばさんが釣り銭用の棒金をばら撒いて前の客と一緒に拾っていた
小さな赤ちゃんを抱いた若いお母さんが粉ミルクの缶を持って私の後ろに並んだ
「まだこの子におっぱいをあげたことがないの」
出なかったりお酒を飲んでしまったりしたのだという
ふつうのお母さんだった
夜働いていてただ単に迎えに来るのが遅くなってしまっただけなのだと思う
この子には生まれる前から寂しい思いをさせてしまっていると
両手におさまるほどの赤ちゃんを抱いた
「こういう色のついたゼリーがなかなか売ってなくて。ずっとさがしてたの。昔はこのゼリー
を食べてる子供がたくさんいたんだけど」

私の口からはこんな言葉しか出なかった
かみ合わない会話ではなかった
言葉の出処が一緒だったのだろう

おっぱいをあげなくてもいいから生きてください
少し先の道でつまずいているだれかのために
一センチでも一ミリでも高い所から人を見下ろしたくて
つまらない人達があなたに意地悪をするかもしれません
それでも生きてください
母乳の代わりはあっても
あなたの代わりはいません
つまずいているだれかが起き上がれるかどうかは
今日のあなたの生にかかっています

地方都市を歩いていた時に
ビルの三階で一緒に暮らしていた男にばったりと会った

そこがその男の出身地だといつか聞いたことがあった
見覚えのない古びたジャンパーを着て
笑った顔はそのままだが皺の数が増えていた
黒い髪の子供が欲しいと思ってこの男と一緒にいた
雑居ビルの街で育てようとは思わなかったが
湿ったような滑らかさをもった黒い髪には白髪が混ざりはじめていた
黒い髪の子供ができたのだろうか
塵が呼吸から入るのとは別の苦しさがあった
空気の悪い場所だったら気管支が弱いからと言い訳ができたはずだ
塩辛い風のなかで
男は帰るべきところに帰ったんだと思った
東京なんて長くいるようなところじゃない
待っていてくれる人がいるのだったら
帰ったほうがいいにきまってる
私にはそんな場所はない
中途半端な狭間のなかで結局一人になる

あの埃っぽい外壁のビルの二階からはベビーホテルの看板が外れ
三階の部屋からは知らない明かりが漏れていた

海辺の宿

道ならぬ恋なら
道がどこかに転がっているだけまだいいだろう
この男の後ろに道なんてない
私のうしろにも道はない
洗濯洗剤の匂いのする飼い慣らされた男なんかいらない
どこを嚙んでも何の匂いもしない男だったら私は拒まない

海辺の湿った砂が重たくて
潮風で口がしょっぱくなって
それを言い訳にして男と何も話さなかった

男は冷え切った手で私の手を握り
水仕事なんかしたことないだろうと寒さにふるえながら笑った
空の色がどんよりとしたクリーム色になって
そのうち練乳のように垂れてきそうだった
もう何日も同じことを繰り返している
昼間あてもなく海辺をさまよって
日が暮れはじめると宿に戻って
ストーブにあたったり
合っているはずのジグソーパズルのピースが合わないような気がしてびくびくした
楽しいことを共有できる相手はいるだろう
雑踏を歩く人々はその逆のことに蓋をする
目をそむけたくなるような動かないものをどこかへ飛ばしてくれる人はそう多くない
男は親指に力を入れて私の手を押さえた
私はどこへも行ったりしない

海辺の宿に戻れば

私は毎晩この人を困らせた
この人に何をしてもらいたいのか
自分でもよくわからなかった
子守唄と昔話の間のようなものをせがんで
濡れた髪のまま布団のなかに入って腕枕に頭をのせた
この人が眠りについたころ寝ぼけたふりをして何もかも吐き出した
あの人は寝ぼけたんだと言って私の背中をさすったけれど私はずっと首を横に振っていた
そうじゃない
寝ぼけたふりでもしないと
私は何んにも言えないの
泣き過ぎた時に出てくるしゃっくりが荒い波みたいにたくさん押し寄せて
苦しくて大きな肩にしがみついた
あの人は何も言わずに
動けないほど強く私を抱きしめた
言葉はときどき無力になる
海がごうごう鳴っていた

海鳴りはこわいなあと
息切れのする声がささやいた
髪に涙がつたうのを感じた
涙は生温いものだとずっと思っていたけれど
濡れた髪が乾くほどに熱かった

あの人の前では自分をさらけ出していたと思っていたが
そんなこと一度もなかったのかもしれない

＊内山田洋とクール・ファイブ「海鳴り」（昭和四十九年）より着想を得ました。

かよちゃん

「顔の色が背中と同じくらい白い」
そう言われたことがある
地下にある名曲喫茶で働いていた頃だ

喫茶店のステレオから流れる音楽はどこか疲弊していて
排他的でも独善的でもなんでもなく
飴色の壁と天井は人を拒絶することを知らなかった
地下で働いているとビタミンが不足するからと言って
喫茶店に着くと店主の老夫婦が私の口にうるめいわしを放り込んだ
この二人はもしかすると夫婦ではなかったのかもしれない

有明海の夕日の一粒に

中本道代

野崎有以の作品と名前を初めて目にしたのは、二〇一四年に「現代詩手帖」の新人作品欄の選者になった最初の月だった。野崎有以はその時「東京の子」という作品を投稿していた。その作品は現代詩としては少し素朴すぎるような気がしたのだが、なぜか捨てがたく、佳作の一番最後にそっと置いた。そう言えば「東京」も「子」も、野崎有以がこだわり続けた問題であることに気づく。

それから二か月後に送られてきた作品「ネオン」によって、今度ははっきりと心を捉えられた。何が語られているかという内容もだが、どのように語られているかという語り口、自分の中を覗き込んでいるような声の低さや、語っても語ってもまだ残っているものがあるような、情感を後に引く重さなどに魅力を感じた。方法上の目新しさなどよりももっとわかりにくいもの、捉えがたい何かがそこにはあった。それは「押し出されて行き場をなくしたネオンやらスモッグ」のように作品のなかにわだかまって「詩」を形作ろうとしていた。

私はこの男と出会ってから
合成樹脂のように汚れをはじく隙のないかぐわしい生活の
　　指定席券を
生まれたときからもっているふりをした
だけど結局
ふとんをかぶって泣いてばかりだった
（「ネオン」）

この箇所に野崎有以が何を問題としてかかえながら詩を書こうとしているかが直截にあらわれている。それはこの日本の社会で望ましいとされる人間の幻像と本当の自分との間にある埋めがたい溝の存在なのだ。その溝は次のようにも言い表されている。

「東京で生まれたことにしなさい」
東京に来てから何べんも言われたけれど
それはできなかった
東京は私の故郷ではないから
（「繁華街」）

そして、「かよちゃん」という作品では「繁華街」、「庶民的な住宅街」、「閑静な住宅街」という街の見取り図が引かれ、閑静な住宅街に家があると嘘をつく少女のことが描かれている。ここで「私」に「ちょっとうらやましい」と言わせているものはすべて金銭の力で実現できるものばかりだ。野崎有以が「東京なんか大嫌い」と書く時の「東京」とは、資本主義的、物質的価値観の頂点としての「東京」なのだ。その価値観が生む少しずつの差異が差別となり、人間性のほとんどすべてを決めるかのように拡大していく、野崎有以はそういう構造に抵抗し闘っているのだとわかる。

野崎有以はその闘いに於いて、勝っているのだと私は思う。それは野崎有以が心の中に「故郷」というアンチテーゼを持っているからだ。九州と言われたり、A工業地帯、長崎と言われたりする「故郷」には「父」「兄」そして「繁華街」で働く女の人たちがいる。「鉄板のかいじゅう」さえも。そこは資本主義の対極の〈無償性〉の生きる場所だ。そこでは小さな子供が条件付きで愛されるわけではない。得になるから親切にされるわけでもない。ただむきだしの〈愛〉があるだけの場所として、痛々しいまでに無防備な心の光景を露わにしている。

けれどその「故郷」は今は失われている。

私は何を取り損なったのだろうか　（「女神」）

「故郷」を失って「東京」を彷徨う「私」には、だが凛々しさがある。彼女の眼差しは同じ都会にあって陽の当たらない場所で働き、生きる人々を黙って抱きとめている。その不特定多数の拡がりを、他人事とはしていないのだ。

おっぱいをあげなくてもいいから生きてください
少し先の道でつまずいているだれかのために　（「ベビーホテル」）

集中、注意を惹かれた箇所が二つあった。「あなたがテーブルの上に用意してくれた／氷の入ったオレンジジュースを飲んで／脇腹が動いた気がしてこわくなった」（「ネオン」）と「生温い母乳が胸のふくらみをなぞるように垂れて／床に届く頃にはこぬか雨の冷たさになる」（「ベビーホテル」）。どちらもマンションの中の身体の記述である。都会に置かれていても割り切ることのできない身体の奥底のなさが、冷たい不安と、不安に打ち克つ太古からの生命の力を示している。野崎有以の文体の重さは、そのような身体を抱え持つことの重さでもあるのだろう。

最後に置かれた「長崎まで」という作品は、「故郷」との突然の邂逅と詩人野崎有以の誕生を告げて、目覚ましいフィナーレを見せてくれる。海に降り、夜を旅していく夕日の一粒。特別ではない、無数の粒の一つ。その光の一粒は、生まれ落ちた奇跡に輝いているのではないだろうか。

長崎の野崎さんへ

中尾太一

まずは第一詩集の刊行おめでとう、といいたいです。それ以降の詩集がめでたくないわけじゃないけれど、やはり初めの詩集は何にも増して特別なものだと思います。またこの詩集は僕にとっても特別な意味を持っています。一年程度、野崎さんの手書き（いつも丁寧でした）の作品をすこしずつ読んできたので、まだ今はゲラの段階ですが、とてもいいものができたと思うし、その前段階の過程に自分が関わっているという、いってしまえばどこか誇らしい気持ちがあるからです。立場といえばえらそうだけど、それを利用してあと少しの間、自分は楽しい思いをするのだと思います。

ところで詩集の作品の順序（編集の方と決めたのでしょうか）、よかったと思います。多く読むのは好きじゃなく、ゲラに一度しか目を通していないからどこがどう、とはいえないけど、意思があると感じました。作品ひとつひとつの物語が向かっている先を力強く意識したように思いました。そのとき、最後の作品「長崎まで」の出来を問うことを忘れている自分がいます。人によって判断は違うのだろうけど、個人的には他の作品ほどは強くないと思う「長崎まで」を、「競馬場」と同じくらい好きになっています。だけどこの詩集について何か評価めいたことをいっていると思わないでください。おそらくこれは、自分が書いてきた作品の内にある戦いへの自分自身がする励まし、その現れなのだと思うのです。逆にいえば、野崎さんの作品に勇気づけられたり励まされたことがあるということだと思うのです。すこし恥ずかしいことを書いています。いつか野崎さんにいただいた手紙の眩しい無防備に体が反応しているのだと思います。「一生懸命」。これは野崎さんの詩、手紙、あるいはその文字を考えたときに思い浮かんだ言葉です。悪い意味で受け取らないでください。野崎さんの詩篇を読んで野崎さんのある部分が燃焼し尽くしたように感じるのです。これは今後書くことが出来ないということを意味するものではありません。むしろ、だからこそ感得しているものがすでに野崎さんのこころの内にちいさな音を立てているのだと思うのです。このかすかな音を野崎さんの詩の中に探して、野崎さんの「可能性」について何かをいいたくなっています。だけど現時点、僕がそれを言及することは出来ません。野崎さん自身も自分の可能性がどういう方向に向かっていくのか今は分からないと思います。それでいいと思います。僕がときどき思い出す言葉に「生をいっとき強く握りしめる」というのがあります。ある詩人の言葉です。野崎さんの仮構がそのようにして作られたことを僕は疑いません。だからいっときいっときを生きる自分の生をその都度よく握りしめてみること。そのように連続していく人生の中でまた見えてくるものがあるし、書けるものがあると思うのです。

なんだか二〇歳も年上の人間がものをいっているようになっています。僕ぐらいの中途半端な年齢の人間はときどきこういうえらそうな話し方がしたくなるものです。詩の文章の性格から判断すると野崎さんはとてもかしこい方なので僕の言葉を遮りたい気持ちになるかもしれません。だけれど野崎さんの作品を一年間読みながら、野崎さんではなく作中の小さな女の子を文字通り見守ってきたようでもあるので、彼女に対してなにかいいことをいってあげたいのです。その子の父の言葉をかりていえば「君は運があるから大丈夫」とか、根拠があるようなないような、だけど一個の人間の願いが込められた言葉を。だから最後にひとつ、またうっとうしいことをいいます。野崎さんが雑誌に投稿していたのと同時期に、やはり多くの人たちが作品を寄せてくれました。その人たちの中からもこれから詩集を作る人がたくさん現われると思います。彼ら、彼女らのことも意識してほしいと思います。記憶している限り、野崎さんと同年代の人もけっこういたし、別にそうでなくともその人たちの言葉に対して同意や反発が野崎さんにはあったのではないかと考えるのです。いつか野崎さんからそれを聞ければいいと思っています。

それでは詩集が出来あがったころにでも会いましょう。

野崎さんは大丈夫です。

野崎有以『長崎まで』栞・思潮社

私はうるめをくわえながら
店主夫婦が作ったなんだかわからない料理に火を通していた
おじさんは狭い台所をうろうろして
おばさんは時折何かを思いついたように手をパンとたたいて突拍子もない話をした
客があまり来ない時間は二人で料理を作っているか
棚から使っていない食器を引っ張り出して冷たい水で洗い物をしていた
おばさんは真冬でも水で洗い物をした
「冷たくて気持ちがいいわ」と言うと
「目が覚めるだろう」とおじさんが言った
かよちゃんという女の子がそこで働いていた
かよちゃんはあどけない顔立ちで赤いほっぺたをした愛嬌のある子だった
おしゃべりな子で学校のことや家族のことをたくさん話した
かよちゃんは高校生だと自分で言っていたが
この子は高校生ではないなと私は思っていた
「ここでアルバイトをすると、おじさんとおばさんがおやつを作ってくれるでしょう。おやつを作る楽しみが減るからアルバイトなんか早くやめなさいってお母さんが言うの。でもおじさんもおばさんもお姉さんもみんないい人だから、私やめないの」
この店で働いていると
台所で突然おやつや食事が完成して仕事を中断してみんなで食べた
私はかよちゃんにお姉さんと呼ばれていた
お父さんとお母さんと三人で住んでいて兄弟はいないのだという
喫茶店のある繁華街を抜けると庶民的な住宅街と閑静な住宅街が出てくる
かよちゃんの家は後者にあると言っていた
夕方近くになると
とは言っても地下に夕方も何もないが
老夫婦は私たちに食事をすすめた
見た目は良くないが味は悪くなかった
骨付き肉を煮込んだりした手間のかかる料理が多かった
「家でお母さんが夕ご飯作って待ってるから」
「お昼のお弁当がたくさんあったから」
かよちゃんはいつも決まって最初は躊躇した
けれど結局は老夫婦が作った料理を食べた

朝から何も食べていないかのように骨付き肉をむさぼっていた
「お父さんとお母さんが待ってるから帰るね」
ままごとのように聞こえたのはなぜだろう
私はいつも夕方になると足の悪い店主夫婦のかわりに商店街へ買い出しに行った
お金をいくらか渡されておつりはお駄賃だと言われた
表に出るとすっかりあたりが暗くなっていてほっとした
私は少し前に帰ったかよちゃんの跡をつけた
かよちゃんは喫茶店のある繁華街を抜けずに
繁華街のもっともっと奥へ入って行った
かよちゃんは半地下にある飲食店の扉に
体重をかけるように身体を押し当てながら
疲れた低い声で何か言いながら入って行った
こんなところに家庭の入り込む余地はない
ここはどこの家庭の地図にもありはしない
誰のせいなんだろうか
だけどかよちゃんがうそをついた気持ちはわからないでもない

ファミレスが真似したくなるような料理とか
ワット数の多い照明とか
ふわふわした洋服とか
お風呂場のせっけんや入浴剤の香りとか
本当言うとちょっとうらやましい
私もそういうものとは縁がなかった

喫茶店の帰り道にかよちゃんの働く場所に行ってみた
ちょうど濃い化粧をしたかよちゃんが
ワイン色の丈の長いワンピースを着て客を見送っていた
かよちゃんに声をかけて
かよちゃんをつかまえて
私は何か言いたかった
うらぶれた町で私は生を受けた
私を育ててくれたのは
かよちゃんのような女の人たちだった

私に優しくしたって何の得もないのに
私がさみしいと言うと
お客をほっぽって私のそばにいてくれた
本当は私と同じくらいの女の子がいるけれど
一緒に暮らせないのだと言っていた
誰もさみしい思いをしたらいけないと冷えた手が寄り添った
だけど私は
彼女たちが隠れた場所で泣いていても何もできなかった
泣いている理由なんか聞けないから
黙って横に座っていることしかできなかった
いまあのときに戻れるのならと
ときどき思うけれど
やっぱり無力なのかもしれない

昼間の眩しい光がずっとこわかった
かよちゃんも昼間がこわかったのだろう

鉄板のかいじゅう

冬のはじめに風邪をひいて咳だけなかなかとれなかった
一カ月以上たっても咳が出る場合は喘息の疑いがあるらしい
小児喘息にかかったことはあるかと聞かれ
喘息のことをやっと思い出した
私は子供の頃喘息を患っていた
医者はいくつかの質問をしてから
喘息がまた出たのかもしれないと言った
ベッドで横になって咳の出ない寝方をさぐりながら
いつかの夏休みのことを思い出していた

怪獣映画の怪獣の声は下駄で鉄板をこすって出しているのだと
近所に住んでいた夫婦が言った
何をして生計を立てているのかよくわからない人たちだった
どうでもいいようなことを何でも知っていた
子供にとってそういう人は魅力的だった
私はどうしても怪獣の声を出してみたかった
家近くの土砂堆積場の入口には
出入りする車を通すために数枚の鉄板が敷かれていたことをその時思い出した
夕方のちょっと手前の涼しくなった時間に
ポンポン菓子屋の車が土砂堆積場の横の空き地によく止まっていて
米と砂糖を持ってよく父とポンポン菓子を作ってもらいに行った
土砂堆積場に着くと
父は二段くらいしか積まれていないブロック塀の上に腰かけてたばこをふかしていた
私は座っていた父の高下駄を片方持って鉄板にこすりつけてみた
なんとも表現しがたい間抜けな音が出た
怪獣と言えば怪獣なのかもしれないが

怪獣と言うよりそれは「かいじゅう」だった
かすれたような変な音で
弱そうなかいじゅうだった
下駄で鉄板をこすっていると汗がたれてきて
汗で下駄が滑って余計に音が出なくなった
怪獣の声を出したら子供がこわがるから
鉄板は間抜けな音しか出さないのだと父は言った
やがてポンポン菓子屋の車が空き地に止まった
かいじゅうの間抜けな声はポンポン菓子ができる音にかき消された
その日の晩にポンポン菓子を食べようとしたらまた喘息の発作が出た
発作が出ると父は私を負ぶって夜でも診てくれる診療所に連れて行ってくれた
じっとしているより父の揺れる背中のなかにいたほうが息が苦しくなったのだが
それは言えなかった
昼間なかなか怪獣の声を出してくれなかった土砂堆積場の鉄板が
月明かりに青く光って心配そうにしていた
明け方近くになって発作がおさまると父は寝る間もなくそのまま仕事に行った

大人は寝なくても大丈夫なのだと父は言った
ひとりで家に帰るとボウルに入った昨日のポンポン菓子がそのままになっていた
一日経って砂糖がべたっとしたポンポン菓子を誰もいない部屋で食べた

その夏の終わりに
父は私に東京のお母さんのところで暮らすかと聞いた
東京で暮らせば喘息がなおると父は言ったが
その頃は発作の回数が減っていた
窓を開けて使わなくなった気管支拡張剤を道路に噴霧した記憶がある
喘息がおさまる気配を私は感じていた
このままなおるのだろうなと
昔住んでいたのはあまり空気のいいところではなかったけれど
それが喘息を悪化させるほどのものとは思えなかった
東京の母のもとで育ったほうが経済的に余計な苦労をしなくて済むと父は考えたのだろう
その頃東京の母が私を引き取りたいと毎日のように電話をかけてきた
ダイヤル式電話器のキーンとする音が鳴るたびに私は不安になった

お父さんは間違ってた
私を手放すべきじゃなかった

東京の家に仕事で出入りする人のなかには親切にしてくれる男の人が何人かいた
その人たちが帰ったあとの静寂のなかで投げかけられるとげをもった言葉が
耐えられないほどこわかった
それらから身を守る術をしらずに
かわすこともできないでただただ傷ついた
「その人はあなたのお父さんじゃないでしょう。よその子のお父さんなのよ。調子に乗らないで」
そうやって私はたしなめられた
そんなの知ってるよ
調子に乗ったつもりなんかなかった
私のお父さんはひとりしかいない
東京にお父さんなんかいない

東京なんか大嫌い

父は自分のことを父ちゃんと呼び
兄は父さんと呼び
私はお父さんと呼んでいた
違う腹から出てくると
手持ちの語彙が違うのだろうと思っていた
普通ではないと非難に近い口調で言われたが
それのどこが悪いのかいまだにわからない
私の本当のお父さんはいつも私の味方だった
私に平然とものを投げつけ
暴力をふるい
いわれのない暴言を吐き
泣き喚く私を締め出した
父親のふりをした誰かとは違った

明日で風邪をひいてからちょうど一カ月になる
喘息は明日
運動靴の底を擦り減らして引き返して来るのだろうか
もし来たとしたら
それは鉄板のかいじゅうかもしれない
心配になってちょっと顔を出しただけで
こわい目にあわせる気などさらさらない
私はもう喘息で苦しむことはないのだろう

夏の夜に灯りがともる

焼きそばを作る前の冷えた鉄板の上に
誰でも知っているメーカーのソースの空き容器をのせる
空き容器が転がらないように気をつけながら業務用メーカーのソースをそこに流し込む
「客が来る前に全部入れ替えてくれよ」
どうせお客にはばれてるだろうとからかってやった
「そうだよな」
はにかんだひそひそ声が返ってきた
夏になるとこんな仕事ばかりしている

サラダ油を鉄板にたらしてコテでのばし豚肉が少ない日はさらにラードを足した
麺を入れるときに計量カップに入れたソースをわぁっとまわしかける

ソースが蒸発する音と上がってくる香りが大好きだ
酸欠になりかけながら焼きそばをひたすら作り続けた
「さっきからごくろうさんな」
ビールとラムネを売っていたケンちゃんが交代してくれた
ケンちゃんは高校を途中でやめてから仕事を転々としていた
私のような人が学校の先生だったら高校をやめたりしなかったとよく言っていた
素直に喜んだらいいのかもしれない
しかし何か乖離したものがあった
「お兄さん、学校で音楽の先生でもやったらいいよ」
という言葉を投げかけられたときの歓楽街の流しの表情に近いのかもしれない
ラムネとビールは大きい氷を入れたどぶづけのなかで売られていた
氷室から仕入れた大きな氷が珍しいのか子供たちが氷を触りにたくさん集まってきた

数人の二十歳くらいの東南アジア系の若者が白い歯をのぞかせながら歩いてきた
おそろいの開襟シャツに黒っぽいズボンを穿いていた
日本に来たばかりなのだろう

日本語がほとんど話せないようだった
彼らは育った国の言葉で何か私に話しかけた
楽しそうにしゃべっていたが内容はよくわからなかった
「私たちは日本に来て働いています。いまちょうど仕事の帰りで賑やかな音楽と人の声が聞こえたので立ち寄ってみました。言葉はわからないけれど雰囲気を楽しんでいます。私たちの国にもこういうお祭りがあって懐かしくなりました、って言ってるよ」
焼きそばの屋台に並ぶお客が落ち着いてきて
ひまそうにしていたケンちゃんがおどけながら彼らの言っていることを訳した
あながち間違いでもない気がした
「コノウタ、ナンデスカ、コノウタ、スキ」
櫓のスピーカーからは炭坑節が流れていた
炭坑節はいつでも三橋美智也の声だった
炭坑の煙突から出る煙を私は知らない
炭坑節を聞いて思い浮かべるのは炭坑ではなく
子供の頃見た製鉄所の煙突の煙が夜空にどこまでも広がっていく光景だ
炭坑節が思い出させるものは人によってそれぞれ違うのだろう

「炭坑節っていう炭坑で働く人たちが歌ってた歌。私もこの歌が好き」
通じたのかどうかはわからない
「コノウタ、スキ」
彼らはもっと何か言葉を出そうとして歯痒そうに手をあおいだ
この祭りをやっている神社の近くには加工メーカーの工場や食品工場がいくつかあった
もしかしたら彼らはそこで働いているのかもしれなかった
若者たちは何か買いたそうな顔をしていた
私がビールを指さすと首を横に振った
「酒は飲めないけど何か買って帰りたい、ってよ」
両手にコテをもって麺とソースをからめていたケンちゃんが
タオルで汗を拭きながら言った
若者たちは「ラムネ」と言ってラムネを指さして百円玉を一枚ずつ台の上にのせた
彼らの故郷にもラムネがあるのだろうか
私は氷のなかからラムネを出してふきんで拭いて渡すと
彼らはにっこり笑って歩き出した
若者たちは櫓で太鼓をたたく人々や盆踊りを踊る人々を楽しそうに見ていたが

もう一度振り返ると彼らの姿はなかった

かわいい二人の女の子がどぶづけのなかに手をつっこみに来た
おそらく双子だろう
顔立ちや背格好がよく似ていた
「お姉さん、これ見て」
二人は小さな透明の袋に入ったスーパーボールを私に見せてくれた
小さな袋からは
スーパーボールを掬うモナカの皮とゴムの匂いが混ざった甘い香りが漂っていた
「すごく大きくてきらきらしたきれいなスーパーボールがあって、本当はそれが欲しかったんだけどとれなかったの。他の子もみんなそれを欲しがってたけど、誰もとれないの。とろうとすると、重すぎてモナカがだめになっちゃうの」
二人とも文句ばかり言っていたが明るかった
スーパーボールなんて本当はどうでもよかったのだろう
そのきれいなスーパーボールがもしとれたとしたら彼女たちは困ってしまったはずだ
「でも、誰もとれないなら来年もまだ残ってるかもね」

私も割と無責任なことを言った
彼女たちがどぶづけの氷をいじっている間にも子供がたくさん氷目当てで集まってきた
二人の女の子は他の子供が私に話しかけようとすると
それと同じくらいの大きさの声を二人で出して私に何か話しかけた
それは慌てて話さなくてはいけないようなことではなかった
他の子供たちが私に話しかけるのが嫌だったのだろう
祭りもそろそろ終わりに近づいてくると
どぶづけに手をつっこんでいるのは二人の女の子だけになった
「この氷、持って帰ってもいい」
両手でやっと持てるくらいの大きさにとけた氷を二人の女の子が持ち上げた
「いいよ」と言うと女の子たちはうれしそうにして走って帰った
あんなもの持って帰ってどうするのだろう
二人の女の子は氷から出た水滴をきゃっきゃ言いながらかけあっていた
屋台で働いているときの私は健全な大人たちが
「ああいう人とは口をきいたらだめよ」と思わず言いたくなるような風貌をしていた
そんな私をつかまえて競い合うようにして私のそばにいた女の子たちには

何か言いたいことがあったのかもしれない
最近ある年上の女の人にこう聞いた
「先に帰っちゃうの」
「何か言いたいことある」
その女の人は優しく笑ってそう言った
「ううん、別に」
と言ったが私は彼女に聞いてほしいことがあった

盆踊りを踊って屋台で何かを食べる
これで満足する人々がどれだけいるだろうか
だからここはパージにかからないのだ
相手にされないことは必ずしも悪いことではない
櫓の周りで頭に鉢巻をまいた酔っ払いが
どじょうすくいのような炭坑節を得意気に踊っていた
ずっとこの仕事をやるのだろうかと夏が終わるたびに考える
祭りにやって来る子供たちはいつまで私のことを「お姉さん」と呼んでくれるのだろうか

私は妹や弟をもったことがない
小さな子供たちに「お姉さん」と呼ばれるのは不思議でもありうれしくもあった
櫓のまわりの提灯やら屋台の裸電球は何でも照らすことができた
しかしそのあいまいなやわらかい灯りは無理に糾すことをしない
そこにあるものをただ照らすだけだ
声にならずに口をかすっていったもの
滑稽なものやくすぐったいもの
それらはまぼろしのようでもあった

懐かしい人たち

「レモンたくさんちょうだい」
さっきから料理屋でくし切りのレモンをしぼりながらカレイの素揚げをむさぼっていた
まるごと魚を食べてくれると作りがいがあると言って大将は喜んでいた
ほとんど素揚げと言っていいほど魚に薄く粉をはたいてから油で揚げていた
「タルタルソースがもうちょっとでできるから、まだ全部食べないでよ」
大将の奥さんがタルタルソースをスプーンで混ぜていた
タルタルソースには細かく刻んだ野菜がたくさん入っていた
「野菜がたくさん入ってるから残さないで食べてね」
大将の奥さんはいつでも心配そうに声をかける美しい人で
奥さんと言うより大将の恋女房と言ったほうがぴったりくる人だった
声の大きい数人の客が刺身のつまやけんを残して

おごるのおごらないのと言いながら勘定を済ませて騒がしく出て行った
大将は自分が盛りつけたままになっているけんをほんの少しの間だけじっと見つめた
大将がさっき背中を曲げながらきゅうりをかつらむきしてけんを作る姿を思い出した
刺身のつまやけんはどうしても残せない
人の苦労をどんくさいものだと一蹴するようなものだから
手を油だらけにしてカレイを食べている私を大将はまじまじと見ていた
若いころ働いていた店に小さな女の子が父親に連れられてよく来ていたのだそうだ
父親と来ると遅くまでいるその女の子とまかない料理を一緒に食べた話をした
「その女の子と冷蔵庫に行って、その日のあまりものを探しに行くんだ。人参なんかを飾り切りにしてやるとすごく喜ぶんだけど、飾り切りをして出た残りの野菜を俺が食べているのを見て、そっちを食べるって言うんだよ。人懐っこいけど遠慮がちな子だった。新幹線に一緒に乗ると男に窓際をゆずる女の子がいるだろう。それに近い感じだな。男なんてもんは飾りだの景色はどうだっていいんだよ。もっとわがままになったらよかった」
大将の言いたいことは何となくわかる
その女の子はいまちょうど私くらいの歳になっているはずだと言う
それは私ではなかったかと聞いた

変なことを聞く人だなとは思わなかった
そんな女の子がいたのだろう
違うならいいんだと言って大将はそれ以上何も言わなかった
料理屋の大将は私の父にも兄にもなれる中途半端な歳の男だ
もしこの人に私の父や兄になったことがあるかと聞いたらどうだろう
そうだったこともあると答えるかもしれない

大将の話した女の子と同じくらいの歳のころ
二階建ての店が立ち並ぶ町に住んでいた
一階は飲み屋だったりスナックだったりした
子供だったせいもあるのだと思うが
いろんな店に入って勝手に座ったり二階に上がったりしても誰も怒らなかった
私の場所だってことだったんだろう
そこで働く人々は苦悩や責任の意味を履き違えずに生きていた
ある日お店でアイスが食べたいと言ったことがあった
すごくアイスが食べたいと思ったのではなく何か食べたかっただけなのだ

どうしてアイスと言ってしまったのかよく覚えていない
ブランデー用の砂糖をかけたレモンの輪切りとか甘いゆで卵でよかった
「ここはアイスがないから一緒に買いに行こうか。まだ酒屋さん開いてるから」
そのお店のなかで一番若いお姉さんがそう言った
「ちょっと待っててね。お財布持ってくるから」
そう言うと彼女は私の背中を軽く二回ほどぽんぽんとたたいた
悪いことをしてしまったと思った
「やっぱりアイスいいや。ちょっと寒いから」
「どうして。いいじゃない。一緒に買いに行こう」
お姉さんは古びた財布を持って私の手を引いて外へ出た
若い女の人の持ち物とは思えないような財布だったが
よく見ると真ん中にうさぎの絵が描いてあってそれが手垢でくすんでいた
酒屋に着くとアイスの箱のボール紙の乾いた甘い匂いがアイスケースのなかからしていた
「あれ、妹さん」
お姉さんは酒屋のおじさんと顔見知りのようだった
酒屋の店内灯の普通の明るさのなかでお姉さんの幼さが際立った

さほど歳の離れていない私の姉だと言ってもわからない
「そうよね」
そう言ってお姉さんは私の肩を抱いた
私は思わずたまたまつかんでいたアイスを両手でぎゅっと握って黙ってうなずいた
酒屋のおじさんは目元が似ていると言った
お姉さんに妹はいたのだろうか
「お父さんにあとで高いお酒頼ませるから」
何か引っかかるものを抱えながら私はアイスを食べながら歩いた
「本当に気にしないでね」
お姉さんは私の髪を撫でた
私は優しい人にそう言わせてしまうこんな癖をどこで身につけたのだろう
それはうとましくもありいとおしくもあった
お姉さんも含めてそこで働く人たちもみんなそうだった
ほんの少しのことでわけもなく何かが崩れてしまうことがあると知っているから
寄る辺を手放すまいと一歩引いてしまうのだ

お客の帰った料理屋の店内は時間の経った料理の油やたばこの煙が混ざった匂いがした
人が帰った後のあの切ない匂いだ
そろそろ帰ろうとすると空いたテーブルを拭いていた大将の奥さんは
「ゆっくりしていってね。いまお茶出してあげるから」と言って私を制止した
大将は壁に肘をつきながら店の奥で片づけをしている見習いの若い男に話しかけていた
時折笑い声が聞こえてくるが
そのなかには声の低さとは何か違った沈んで消えてゆくものがあった

人は変わらない居場所のなかをうろうろしているだけなのだろう
そう信じたい
そこには同じ幸せとさびしさがある

女神

昼下がりの電車のなかで
中吊り広告の女優がけだるそうな感じでこっちを見ている
彼女を美しいと思う気持ちと拒絶する気持ちがぶつかった
冷たく気の強そうな女性だった
電車のなかで感じる彼女の視線を
うつらうつら席も立たずにかわしていた

夜更けのＪＲ田町駅
駅近くの運河にかかった橋の上で
早く駅に行けばいいのに

ざらざらした橋の欄干に頬杖をついて運河を見つめていた
流れる運河は風が砂場遊びのくまでになって
嘘みたいな流れをつくっていた
少し前まで私は一人でバーにいた
バーボンを何杯か飲んだあとにマンハッタンが出てきた
赤いカクテルのなかで恍惚の表情を浮かべて
サクランボがひとつ沈んでいた
マンハッタンはきっと夕焼けの綺麗な街なんだろう
帰りがけにバーテンダーにマンハッタンがおいしかったと告げると
「リトル・プリンセス」
というカクテルの名前が返ってきた
エレベーターのドアが閉まると出てくる涙を両手でおさえた

終電近くになってやっと電車に乗った
前にいた乗客が立ち上がって降車すると私はそこに腰かけた
うなだれる身体を腕組みするように両手で支えた

顔を上げるとあの中吊り広告の女優が私を見下ろしていた
車内の蛍光灯が白く反射して何の広告なのかよくわからなかった
それは大事なことではないのかもしれない
彼女はバーテンダーの機敏な腕のなかでゆっくりと楕円形を描きながら
攪拌される氷のようにうるんでゆらゆらしていた
相変わらず冷たい表情をしていた
その冷たさは海の群青のようだった
しかしこの日は強くて美しい人に見えた
濃い睫毛は雨に濡れているようで
彼女の唇はいまにも動きそうですらあった
この人をなかなか受け入れられなかったのは
強くなれない自分がうとましかったからなのかもしれない
美しいけれど品はない
場末の酒場にいても違和感はない
それでも私は彼女に惹かれた
人の顔とは一体何なのだろう

転んでしまいそうな心を吹き飛ばしたりしない顔を
女神と呼ぶのではないか
降り際に中吊り広告のなかの彼女がほしくて
ポスターの前で手のひらを広げてさっと結んだ
小さい頃
欲しいものがあるとこんなことをよくやった
欲しいもののちょっと手前で手のひらを大きく広げて結ぶ
こうすると欲しかったものをどこかにしまえる気がした
結んだ手のひらの前にあったものの多くは
大人になってちょっと働いたら簡単に買えてしまうものだった
私は何を取り損なったのだろうか
プラットホームに降りると
水の入ったペットボトルとちりとりとほうきを持った二人の駅員が
酔っ払いの吐瀉物を片づけていた
一人の駅員はベテランでもう一人は若い駅員だった
早朝に押し掛ける勤勉なサラリーマンたちのために

言葉も交わさずに掃除をしていた
この二人だって勤勉な人々であるはずだ
私は軽く息を止めて
女神がとどまっているかもしれないこぶしを握りしめながら改札へ急いだ
改札ではろれつの回らない酔っ払いが
「のりこし精算」という言葉をうっかり忘れてしまったがために
自動改札機を通してもらえないでいる
腹の底から笑ってしまうほどみじめな街じゃないか
でも
たぶんこれでいいんだ

昼間電車に乗るとまたあの中吊り広告を見つけた
今日のあの人に強烈な輝きはなかった
私の女神はまだ手のひらにいる

アラビアンナイト

春の宵の空にサファイア・ブルーが広がって
満月になりかけた月が出ている
洒落たレンガの古い建物が砂漠にそびえる隊商宿のようだ
ケテルビーの「ペルシャの市場にて」の冒頭が流れて
砂漠の町をかき分けてすすむキャラバンの音が聞こえる
アラビアンナイトの空と月だ
太古の空や月がふとめぐることがあるのかと
しきりにため息がふるえる
ポケットに入れた双眼鏡がアラジンの不思議なランプである気がした
ケテルビーは生涯ペルシャに行くことはなく

アラジンの出典はいまだにはっきりしない
アラビアンナイトの月に引き寄せられるように双眼鏡をのぞいた

ライトをつけた飛行機が月を横切る
どうやら旅客機のようだった
飛行機のなかは心地良い保育室に見える
限られた空間であるために
なかで働くその空間を熟知した人々が赤子をあやすように接客する
皮肉でもなんでもなくたまたまそう見えて自分でも驚いたのだ
乗務員は首元に巻いた水玉のスカーフをブラウスのなかに入れた制服を着て
機内食を運んでいる
デザートかおやつだろうか
キャラメルとチョコレートソースの池にアイスと砂糖がけのナッツが投入されている
気絶するほど甘いのだろうな
バニラビーンズの入ったなめされたバタークリームを
チョコレートクッキーですくって食べている乗客もいた

アメリカに行くらしい
ニューヨークという声も聞こえてきた
アメリカには行ったことがない

双眼鏡をぐるっとスウィングさせると
仕立ての良い服を着たピアニストが見えた
ニューヨークだろうか
髪はやや長いブロンドで青い目をベージュのまつ毛が覆っていた
ロッド・スチュワートがカバーしたヴァン・モリソンの曲を丹念に弾いていた
歌を口ずさむかのようにときどき上下の唇を離すと唇の内側の赤さが目を引いた
Have I Told You Lately
ヴァン・モリソンが歌うと
そんなに寒くない季節の田舎の小さな町の夕暮れ時に
つつましく生きる男女が肩を寄せ合う様子が浮かび
ロッドが歌うと
スリットの開いた真っ赤なイヴニングガウンを着てピンヒールを履いた長身の美女が

大きな魅力的な微笑みを浮かべて出てくる
今晩のピアニストは時折シャツの胸元をいじりながらロッド寄りで弾いている
ここがどこなのかよくわからない
床から天井までガラス張りになっているホテルのラウンジかもしれないし
広いテラスのついたマンションのなかにある億万長者の部屋かもしれない
ディルの入った魚介料理の匂いがしていた
双眼鏡は倍率が高くなればなるほど視野が狭くなるからピアニストの周りまで見えない
華やかなパーティーのなかにいるのか
友人の家で弾いているのか
あるいはピアニストは孤独か
演奏が終わると上着を脱いで部屋を出た
部屋の外はどんなだかこっちからは見えない

たった一人の観客になろうか
ピアノに触ったことすらないけれど
音楽に触れるのは自由だ

双眼鏡から目を離すと
あのサファイア・ブルーの空は消えて
いつもの夜空の色に戻っていた
月を横切る飛行機を見つけてまた双眼鏡でのぞいてみたが
輝くような月が見えるだけだった

長崎まで

冴えない町に住んだものだ
昼間まともなのは雑居ビルの中華屋だけだ
メロンシャーベットの食品模型が色あせて灰色になり細かい塵だらけになっていた
ここなら大丈夫だと思った
エレベーターであがると遮光ガラスを貼ってもまだいくらかまぶしさの残る店内だった
電気はついていない
テーブルの上のクリーム色の傘をかぶった照明が
昭和に置き去りにされたまま随分低いところに垂れ下がっている
近くのテーブルの客が皿うどんを食べている
テーブルにソースがないのがいかにも東京の中華屋だ

ずいぶん前に長崎の男と中華屋に入ったとき
男は店員にソースをもってこさせた
「長崎じゃあ皿うどんもちゃんぽんもソースばかけて食べるけん。ばってん、こがんじゃなかと」
長崎のソースは酢の分量が多くてうすい
ネオンの消えた昼間の繁華街が目下に広がっている
観光地でもなんでもない場所だ
繁華街の思い出のためにしけたその町を消せない
懐かしい感情がおさえても出てくるが
周波数の違う騒音のせいで
愛しているには達しない
「お前、九州ん女じゃなかな」
なんのことはない
皿うどんにソースをかけなかっただけの話だ
あの男はまだ私を通り過ぎてはいない

空路がやわすぎて鉄道しか選択肢がない
「長崎まで大人一枚。博多まではのぞみのAの窓際で」
ひかりはこだまよりはやく届き
のぞみはひかりよりもっとはやい
どこに届くのか
のぞみってなんだ
「いまの時間ですと終電ぎりぎりですのでお乗り継ぎの際はお気をつけください」
引き返せないことの意味をずっと考えていた
「長崎まで行きますか。博多で降りますか」
「長崎まで」

新幹線が動き出す時のいつ走りはじめたのかわからないような
油のうえをあまんじて滑（sleekly）る感じが好きだ
「けんかした日は指輪を外すの」
「一緒に住んでるからもう指輪はいらないの」
この間に何かあったはずだが出てこない

誰が言ってたのかすら思い出せない
若い女だった気がする

日付が変わりそうな時間に長崎駅に着いてみたら路面電車はもう動いていなかった
長崎の歌がタクシーのラジオから流れる
「これ、思案橋ブルース[*1]ですよね」
「若いとによく知っとるね。こん先にあったキャバレーの専属バンドが歌っとったと」
私のなかの長崎は繁華街のスナックのなかで流れる歌謡曲で完結している
キャバレーの演奏特有の防音壁を穏やかに押すようなやわらかい音だ
ものがなしい歌詞のなかに陽気な旋律が漂うのは不自然なことではない
そうしないと誰も生きていけない
繁華街に地域差とか国境みたいなものはない
それが私にとっての救いだ
長崎は雨の歌ばかり
キャバレーから生まれた歌には雨が降る
どこの繁華街も湿気を帯びている

それは誰かの涙だったりため息だったり
日が当たらないからずっとそのまま雨が降ってる
「曲のおわりにフルートばふいとる人がこん曲ば作ったとよ」
かすれるようなフルートの音には見せかけではない自力をともなう芯の強さがあった
「そんすぐ近くのキャバレーで前川清が歌っとったと。前川清は背ば高いけん、長崎は今日も
雨だったの広告[*2]ば作るとき、一人だけしゃがまされとよ」
キャバレーはいまでもあるような気がしたが
運転手はキャバレーの跡地に建ったホテルの前で私を降ろした
ホテルから繁華街のネオンが見えたら部屋を出るだろう
ホテルに泊まるのはやめた

「もう帰り。電車に乗り遅れるとじゃなか」
時計は午後二時をまわっていた
タクシーを降りてから間口の狭い店に入った気がする
酔っ払いとは違う様相をしていたはずだ
時折する食器の音が心地良い

仰向けの身体に薄手の毛布が掛けられていた
銭湯の裏手の屋根の下で子供の頃よく昼寝をしたことを思い出した
外気にさらされていたはずなのに
窓から出る生温かい蒸気とコインランドリーの粉洗剤の匂いのために洗われた記憶が残る
家に帰りたくないと言って銭湯の向かい側の仕立て屋のおばさんを困らせた
まったく長崎まで何のために来たのか
路面電車で眼鏡橋近くの電停まで行って「長崎詩情」*3を口ずさむ
私の生まれた冬がない
なかったら作ったらいい
作ったらいいんだ

長崎本線から見える有明海の夕日がまぶしくて両手を顔の前で広げる
まぶしいからだけではない
身体を透かすほどの純粋な抱擁があった
瞬きのたびに無数の夕日の粒が海に降る
様々な光りかたをする粒が輝きとしてそこに存在する

こうしていつかの夕日の一粒として
私は生まれた
夕日は繁華街のネオンが灯りを落とすように
水平線に身をひそめてじっと夜をみつめる
海に降った夕日の粒が夜明けまで旅をする

＊1　中井昭・高橋勝とコロラティーノ「思案橋ブルース」（昭和四十三年）。なお、グループ名の表記は必ずしも一定ではない。たとえば、『長崎新聞』（昭和四十四年三月十三日　夕刊）では、「中井昭・高橋勝&コロ・ラティーノ」と表記されている。
＊2　「長崎は今日も雨だった　デビュー記念発表会」（『長崎新聞』昭和四十四年二月五日）。全面広告として掲載。
＊3　内山田洋とクール・ファイブ「長崎詩情」（昭和四十四年）。長崎の四季が出てくるが冬だけ歌われていない。

あとがき

ときどき誰かに話を聞いてもらいたいと思うときがある。興味本位で聞いたりしない誰かに。すべてをさらけ出す必要なんてないと思う。たとえ相手が誰だったとしても。私にとっての詩はその「誰か」に近い。詩というジャケットを羽織りながら一人で対処できない苦しさをずっと話していた。中途半端な気持ちで詩を書いて、「現代詩手帖」に投稿していたわけではない。書き終わった次の日は疲弊して、まったく使い物にならずカーテンをしめて一日寝ていた。初めて返事が来た時、つまり投稿欄に自分の名前を初めて見つけた時のあの胸が高まりは生涯忘れないだろう。リブロ池袋本店（二〇一五年七月二十日閉店）で、「現代詩手帖」を持ちながらなかなかレジに行かずに店内をしばらくうろうろしていた。話を聞いてくれる二人の大人がいるという事実がただうれしかった。選者の中本道代さんと中尾太一さんは小さい子供の背に合わせてしゃがんで話を聞いてくれる大人のようだった。誠実なやさしさをもった人たちに見守られながら詩人になったことは私の誇りだ。原稿の名前にはふりがなもふらず、ろくに素性を明かさないまま投稿をしていた。でも、中本さんと中尾さんには私の名前を正しく読んでほしい、そう思って途中から名前にふりがなをつけた。

現代詩手帖賞受賞第一作である「長崎まで」を詩集表題としたのにはいくつかの理由がある。長崎には特別な思いをもってきた。私の野崎有以（のざきあい）という名前は本名だ。長崎の有明海から一文字もらったから有以（あい）と読む。子供の頃、まわりの大人が正しく読めないと、もどかしいと思うと同時にほっとしている自分がいた。ああ、心は自由なんだと。東京がだめだって私には長崎がある、そう思って生きてきた。「あい」という音で正しく呼ばれるもう一人の私がどこかにいるような気がしていた。有明海のまわりにその子がいる、そう信じていた。詩を書くことはもう一人の私に会いに行くことを意味している。生きていく過程で手放してしまったもの、取り上げられたものを詩によって取り戻そうとした。私の書く詩の多くが有明海のある九州を舞台としているのはそのためだ。長崎から有明海を眺めたことはない。長崎に行ったことがそもそもないのだ。幼い頃から憧憬を抱いてきた場所に簡単に行けやしない。長崎は私の「未踏の故郷」だ。

　もし、現代詩手帖賞をもらうことができたら、受賞第一作の詩は長崎を題材としたものを書くと決めていた。だが、一度も長崎に行ったことのない私には、それを詩集表題とすることにためらいがあった。しかし、「長崎まで」を読んでくださった西日本新聞社の塚崎謙太郎さんより随筆のご依頼をいただいたり、長崎県立図書館の蔵書検索で、「長崎まで」と前述の随筆「長崎の地を未だ踏まず」が郷土資料に分類されているのをたまたま見つけ、「長崎まで」を第一詩集の表題にしようと決めた。

　詩集を作るにあたって、思潮社の出本喬巳さんには大変お世話になった。現代詩手帖賞の受賞を自分のことのように喜んでくれた友人たち、そして私の詩を読んでくれたすべての人に感謝したい。私は本当に幸運なのだと思う。

野崎有以　のざき・あい
一九八五年　東京に生まれる
二〇〇八年　成城大学法学部卒業
二〇一〇年　東京大学大学院教育学研究科修士課程修了。現在、同博士課程在籍
二〇一五年　第53回現代詩手帖賞受賞

長崎（ながさき）まで

著者
野崎有以（のざきあい）
発行者
小田久郎
発行所
株式会社思潮社
〒一六二―〇八四二　東京都新宿区市谷砂土原町三―十五
電話〇三（三二六七）八一五三（営業）・八一四一（編集）
ＦＡＸ〇三（三二六七）八一四二
印刷・製本所
三報社印刷株式会社
発行日
二〇一六年五月二十日第一刷　二〇一八年四月三十日第三刷